48 2764

3340

(La 2ᵉ lettre est portée sous le nᵒ 2285.)

I0546567

LETTRE

ADRESSÉE

A MESSIEURS DE LAVAU,

PRÉSIDENT DES ASSISES,

ET RAVIGNAN,

AVOCAT-GÉNÉRAL,

PAR M. CAUCHOIS-LEMAIRE.

PARIS,

CHEZ TOUS LES MARCHANDS DE NOUVEAUTES.

AOUT 1821.

LETTRE

ADRESSÉE

A MM. DE LAVAU, PRÉSIDENT DES ASSISES,

ET

RAVIGNAN, AVOCAT-GÉNÉRAL.

———

Messieurs,

Loin d'avoir à m'excuser de vous écrire en commun, je crois ne pouvoir rien faire qui soit plus agréable à l'un et à l'autre que de réunir ici deux magistrats qui, dans l'exercice de fonctions différentes, ont montré une parfaite unanimité de zèle et de sentimens. Mon langage sans doute ne sera pas le même, soit que je parle à mon accusateur soit que je parle à mon juge; et je n'en éprouve que plus le besoin d'être en présence de celui-ci quand je réponds à celui-là. Si je cédais à un mouvement naturel, je commencerais par M. l'avocat-général; mais j'obéis aux convenances aussi bien qu'à l'ordre des faits, en m'adressant d'abord à vous, M. le président.

Je n'oublie point ce que je dois à votre caractère; je n'oublie point non plus quels sont les droits d'un homme envers un autre homme; et si la réprimande que reçut de votre bouche l'illustre et vénérable Lafayette est un témoignage éclatant de votre franchise, qu'il me soit permis à moi, qui suis à peu près de votre âge, de suivre de loin cet exemple, et de vous faire entendre, avec quelque sincérité, non des conseils, mais des plaintes et des prières.

Je ne vous demanderai point, Monsieur, pourquoi la cour, par une mesure toujours pénible pour la sensibilité des magistrats, a prononcé contre moi l'emprisonnement préalable, lorsque la nature de la prévention ne le rendait pas nécessaire; pourquoi mon arrestation a eu lieu précisément le lendemain du jour où le ministère a échoué dans son attaque contre les rédacteurs du *Miroir*; pourquoi ma liberté provisoire a été taxée à un prix énorme, qui, sans un prodige de générosité, eût rendu illusoire le bienfait de la loi, et impossible à remplir le devoir de l'humanité. Je sais d'avance quelle serait la réponse à de pareilles questions: « Je ne suis, dirait-on, que le second exemple de la rigueur déployée contre les écrivains poursuivis en vertu de la loi sur la liberté de la presse; quant à l'époque de mon arrestation, sa coïncidence avec mon acquittement, dans une affaire où la vanité ministérielle était engagée, cette coïncidence est fortuite, et la rumeur publique à cet égard est évidemment absurde; on a exigé le *maximum* du cautionnement, c'est assez dire qu'on n'a rien fait en cela qui ne fût légal : et si pour vingt mille francs *j'ai le droit de pester*, je n'ai pas celui de réclamer en justice ; j'étais libre de rester en prison. »

Je me tais sur tous ces points, bien convaincu que j'aurais tort; mais il en est un, M. le président, sur lequel j'ose entrer avec vous dans une respectueuse explication. En m'arrêtant, n'importe par quel motif, il fallut, aux termes de la loi, me renvoyer devant les plus prochaines assises. N'ayant à répondre de mes actions qu'à moi seul, je me pourvus d'abord contre cet arrêt empreint de vices graves qui subsistent toujours ; mais bientôt le cautionnement de ma mise en liberté me fit contracter des obligations auxquelles je dus subordonner tout autre intérêt; je retirai mon pourvoi, je le retirai après avoir eu l'honneur de vous en donner avis, par l'intermédiaire de mon défenseur, après avoir obtenu votre parole, M. le président, que je serais jugé dans le délai fixé par vous-même et par la loi ; après avoir compté avec certitude, avec loyauté sur cette parole, sans laquelle je ne me serais pas désisté.

Heureux de l'espérance de satisfaire promptement à la dette de la reconnaissance et de l'amitié ; plein de confiance dans l'impartialité du Jury par cela seul que le hasard me l'avait donné ; non moins confiant dans la bonté de ma cause, puisque je ne puis être traduit en justice que par une jurisprudence exorbitante et nouvelle (1); j'attendais le jour fixé, je le répète, par la

---

(1) Mon intention n'étant point d'anticiper sur ma défense dans cette lettre, je me borne à ce peu de mots : tout dans la procédure, dans le fond et dans les circonstances de mon procès est

loi et par vous-même ; c'était le dernier de la session ;
et tout-à-coup, et la veille, la session est close brus-
quement, le Jury inopinément remercié, et mon jugement ajourné !

Je ne dois pas vous le cacher, M. le Président, cette
mesure fit quelque sensation ; elle servit de texte à
bien des commentaires ; les interprétations du barreau
ne furent pas les plus favorables ; on me crut soustrait
à mes juges naturels ; des jurisconsultes célèbres y
trouvèrent des motifs dignes de la Cour de cassation ;
quelques-uns prononcèrent le mot de *suspicion légitime;*
moi-même, je l'avoue, je m'arrêtai un instant à cette
idée ; mais je la repoussai bientôt, et je ne vis dans la
clôture subite de la session que l'usage du pouvoir discrétionnaire à l'occasion de mon pourvoi.

A l'occasion, ai-je dit ; car on a plus d'une fois appelé
des causes dans lesquelles les accusés s'étaient pourvus,
et *la souscription nationale* en offre une preuve récente ;
car un pourvoi qu'on retire ne saurait être suspensif ;
car vous n'auriez pas fait une promesse, M. le président,
que vous n'auriez pas eu le droit de tenir ; car vous allé-
guâtes vous-même pour raison que le pourvoi vous donnait
la faculté de ne point inscrire sur le même tableau une
cause que vous en aviez rayée ; la faculté, M. le président, c'est-à-dire le pouvoir discrétionnaire.

Et j'ai à regretter d'avoir été à votre discrétion ! J'ai
à déplorer l'usage que vous avez fait d'un pouvoir pro-

également inouï. Il serait impossible d'imaginer, même après
avoir lu les *Opuscules*, comment et pourquoi je suis accusé.

tecteur de l'accusé! vous auriez pu me juger de suite, et vous ne l'avez pas voulu! vous auriez pu, en acquittant votre parole, hâter le moment où j'aurais acquitté une dette sacrée, et vous ne l'avez pas voulu! Vous avez voulu au contraire que la cour et le jury perdissent un jour afin que je ne fusse pas jugé, quand j'implorais le bienfait d'un prompt jugement!

Cependant, plusieurs des amis, qui m'avaient servi de caution, comptant sur l'exécution de la loi et sur celle de votre promesse, s'attendaient à rentrer dans leurs avances; ils avaient eux-mêmes des engagemens à remplir; je ne pouvais l'ignorer, bien qu'ils ne s'en expliquassent point. J'étais donc déterminé à me faire écrouer de nouveau, lorsque d'autres bourses s'ouvrirent et me soulagèrent d'un poids plus pénible que la captivité. Mais tant de secousses, d'inquiétudes, de démarches altérèrent une santé déjà faible, et me préparèrent de nouvelles amertumes. Je tombai tout-à-fait malade, et j'eus l'honneur de vous informer, la veille, de l'impossibilité où j'étais de me transporter à l'audience sans courir des risques aussi fâcheux que certains. Je fis la chose avec simplicité; je vous envoyai l'attestation du médecin qui me donnait ses soins; et il me sembla que, pour peu qu'il vous restât des doutes, vous les éclairciriez sans peine, en invitant à passer chez moi un médecin qui vous fût personnellement connu. Pour moi, je ne doutai pas que vous ne missiez de l'empressement à user, dans cette circonstance, de votre pouvoir discrétionnaire. Les exemples de semblables remises, pour des motifs semblables, sont si multipliés; les excuses de M. Courier, à deux fois différentes, ont été admises avec une si équitable humanité, qu'une conduite contraire à mon égard me parut sans aucune vraisemblance. Toute la journée du 8, je fus confirmé dans cette persuasion, en voyant que la liste des Jurés qui devaient siéger le 9 n'arrivait pas. Ce ne fut, en effet, qu'à six heures du soir qu'on remit chez le portier cette liste sur laquelle j'étais appelé à exercer, le lendemain matin, mon droit de récusation. J'attribuai cette communication tardive à l'erreur de quelque huissier. Si j'étais en bonne santé, me disai-je, on me supposerait sorti à une pareille heure, et l'on ne voudrait pas rendre illusoire la connaissance qu'on me donne des jurés sur lesquels le ministère public a, de longue main, les plus exacts et les plus amples renseignemens. A cette réflexion qui me démontrait, M. le Président, que votre réponse à ma lettre était affirmative, vint se joindre pour la fortifier, la lecture de la liste. J'y reconnus, dans la presque totalité, des personnes que l'on rencontre fréquemment parmi les Jurés politiques ; la pluplart occupant des places qui rendraient l'indépendance une vertu plus qu'humaine; quelques-uns confidens intimes des ministres que j'avais attaqués; d'autres qui ont fait publiquement profession d'opinions contraires aux miennes, que dis-je, qui se sont prononcés en plein tribunal et nominativement contre moi ; je n'avance rien dont je ne désire vivement être requis d'administrer la preuve. La composition de ce Jury acheva de me convaincre que vous aviez obtempéré à mes sollicitations ; l'envoi *in-extremis* de cette liste me sembla plus que jamais l'effet d'un malentendu, à moins que ce ne fût une réfutation délicate des bruits qui avaient circulé sur les motifs du premier ajournement; je me reprochais amèrement, dans cette hypothèse, mes précédens soupçons. Le lendemain, j'attendis dans mon lit où me retenait l'état de ma santé, la confirmation officielle de la remise où le pouvoir discrétionnaire allait signaler tout à-la-fois son utilité, sa justice et son humanité.

On sait ce qui arriva; et je dois le dire, si le *précédent* de l'affaire du mois de juin servit de jurisprudence, je n'ai point à me plaindre; je n'en étais pas réduit, comme M. Duvergier, à me faire apporter sur un brancard; il m'eût suffi d'une voiture hors de l'enceinte, et du secours de quelques amis à l'audience; en renonçant à me défendre, je pouvais être jugé... mais, M. le président, je garde le silence devant l'organe de la justice en fonctions, pour m'adresser enfin à mon accusateur, avec tous les droits que me donne mon titre même d'accusé.

Vous êtes jeune, monsieur l'avocat-général, et jusqu'à présent j'ai appris à croire aux sentimens généreux de la jeunesse. A peine sorti moi-même de cette saison du noble enthousiasme, je me félicitais de trouver dans votre âge une garantie contre les rigueurs de votre ministère. La lecture de l'ouvrage même qui est dénoncé à la cour avait dû vous inspirer quelqu'estime pour le caractère de l'auteur. Cet ouvrage que vous portiez à presque toutes les audiences, et dont les marges sont chargées de notes de votre main, avait dû, j'ose le dire, plaider en ma faveur auprès d'une âme neuve encore et faite pour entendre, à l'insu du fonctionnaire ministériel, l'accent vrai du patriotisme et du désinteressement. Vos fonctions devaient vous sembler plus pénibles ; et l'homme, du moins, devait s'attendre à toute la bienveillance qu'à tort peut-être vous n'accordez pas au prévenu. Je le croyais : vous m'avez détrompé.

Quoi, Monsieur, vous vous élevez avec violence contre un fait et tout ensemble contre la vérification facile de ce fait ! Vous, jeune homme, dans une affaire où l'accusé, l'avocat, le président sont jeunes, vous traitez avec une sorte de mépris la jeunesse d'un médecin que vengeait au même instant la palme académique ! Vous jetez une clameur d'indignation à l'aspect d'un certificat de maladie qui soustrait un écrivain à votre réquisitoire ou plutôt, pour employer vos termes, qui le soustrait *à sa condamnation!* Que veut dire ce mot ? Etait-il décidé, en effet, que je serais condamné ? Dois-je rendre grâce au ciel d'avoir été malade ? Est-ce réellement à une condamnation, comme vous le dites, que j'ai échappé quand je croyais demander la remise d'un débat! Se pourrait-il que, par l'une de ces voies qui nous sont inconnues, la Providence eût réservé une chance favorable à la justice, en ne me permettant pas de comparaître le jour où m'attendait, selon vous, une infaillible condamnation ! S'il en est ainsi, je ne saurais trop la remercier pour la chose publique, pour les amis qui m'ont cautionné, pour moi, pour vous-même, d'avoir laissé une porte ouverte au bon droit et à un arrêt qui peut tout réparer.

Vous tonniez donc contre mon absence, en la rendant plus légitime encore par vos aveux, vous rejetiez sans examen mon excuse, et deux jours après, vous deviez

accueillir la même excuse par un silence approbateur !
Il est vrai qu'il s'agissait d'un procès criminel (1) qui ,
pour cause de maladie , fut renvoyé avec autant d'é-
quité que de décence à une autre session. Quel rappro-
chement que celui qui m'autorise à dire que l'assassinat
est privilégié ? Qu'on parcoure les fastes de la cour
d'assises, toutes les fois qu'il est question de vols , de
meurtres, de parricides même , on voit régner, à l'égard
des coupables, la modération la plus digne d'éloges ; et
les prévenus pour délit de la presse ont à envier , quant
aux égards du ministère public , le sort des prévenus
de crimes, de ces crimes qui sont tels en tous lieux et
en tout temps.

Mais il semble , monsieur , que ma bonne fortune
ait pris soin de rassembler les contrastes dans votre
conduite judiciaire , et de vous opposer en exemple à
vous-même. A quelques jours d'intervalle encore, vous
consacrez une longue partie de votre réquisitoire à m'ac-
cuser sur des points dont ne parle pas l'acte d'accusa-
tion ; et dans l'affaire de MM. Robert et Tassin (2)

---

(1) Affaire de Rosalie Hudelle , accusée d'infanticide ; sa cause
ayant été appelée le 11 de ce mois, un témoin nécessaire , le
médecin qui avait soigné cette fille pendant ses couches, fit pro-
duire un certificat constatant qu'il était malade. Sa cause par ce
motif, fut renvoyée, sans difficulté , à la session suivante.

(2) Audience du 13 août. Le sieur Robert demande que des
passages non cités dans l'arrêt de renvoi soient compris dans le
débat. M° Hennequin fait observer que la loi s'oppose à ce qu'on
sorte des limites tracées par l'arrêt de renvoi ; toutefois il ne craint
pas , dans l'intérêt de son client , que l'on étende le débat.

M. l'avocat-général Ravignan conclut à ce que le débat porte vous concluez, d'après l'observation de Me Hennequin, à ce qu'aux termes de la loi, le débat porte exclusivement sur les imputations relevées dans l'arrêt de renvoi, et la cour rend un arrêt éminemment juste et conforme à vos conclusions. Je n'insiste point ; je livre ces contradictions à votre conscience.

J'ai beaucoup entendu parler de votre piété. A vingt-six ans on ne peut être soupçonné de feindre le zèle religieux, sans revêtir le plus odieux des caractères ; je crois donc votre piété sincère. Mais la justice même que je vous rends à cet égard augmente la surprise que m'a causée votre conduite envers moi.

Quoi! vous êtes dévot, et vous vous emportez ! Quoi! mon frère, je suis accusé, absent, malade, et vous accueillez mes prières l'injure et le sarcasme à la bouche! Citoyen, vous me traitez en ennemi ; magistrat, en coupable. Il s'établit sur le sort qui me menace, un échange de bons mots entre les jurés et vous ! ma maladie est politique, à vous entendre, et vous savez les moyens de me guérir : c'est entre quatre murailles que je trouverai le bain salutaire qui convient à ma santé ; puis, joignant l'effet aux paroles, vous demandez non-seulement que je sois plongé dans ce bain salutaire, mais qu'un nouveau cautionnement même ne puisse me rendre à mes amis, à ma famille, aux soins qu'exige ma situation. Mais, monsieur, songiez-vous bien alors

---

exclusivement sur les imputations relevées dans l'arrêt de renvoi.

La Cour rend un arrêt conforme aux conclusions du ministère public.

à l'action que vous commettiez et à toutes ses consé-
quences? Et sans parler d'humanité, de quel droit,
vous, dont la mission est de faire respecter les lois, de-
mandez-vous qu'on abroge, à mon égard, l'article de la
loi qui m'est favorable (1)? L'organe du ministère public prit-il jamais des conclusions tendant, d'une manière explicite et formelle, à ce que la loi ne fût pas
exécutée? Vous l'avez fait pourtant, et je me borne à
vous traduire devant le tribunal de l'opinion publique.

Que ne puis-je aussi borner là vos torts et mes plaintes!
Mais je n'ai parlé jusqu'à présent que des coups les
moins sensibles. Vous m'en avez porté un qui, de tout
autre part que de la vôtre, annoncerait une âme per-
fide et vindicative. Plût à Dien que vous eussiez requis la force armée de m'arracher de mon lit, de me
garotter au lieu de ma *condamnation* et de me pré-
cipiter de là dans un cachot! Cet ordre n'eût attenté
qu'à ma vie, tandis que vous m'avez blessé dans l'honneur. En vous voyant compromettre mon cautionnement
par vos discours, on a pu croire que je l'avais compro-
mis en effet; j'ai pu avoir les apparences de l'ingratitude
aux yeux des hommes qui sont prompts à blâmer le
malheur; ils ont eu le droit de se demander pourquoi
je ne me faisais pas traîner mourant à l'audience, plutôt
que de me racheter à un tel prix! Et vous saviez bien
pourtant que vos conclusions étaient impossibles à pré-

---

(1)...... Nous requérons en outre qu'il soit ordonné, en vertu
de l'article 226, que le sieur Cauchois-Lemaire sera saisi et écroué
en la maison d'arrêt de cette ville, et *qu'il ne puisse plus lui être*
accordé de liberté provisoire sous caution.

voir, comme vous les avez rendues, par votre précipita-
tion, impossibles à prévenir! vous saviez bien que ma sé-
curité à cet égard était non-seulement fondée en justice
et en raison, mais qu'elle reposait encore sur l'avis
unanime des plus respectables jurisconsultes; vous saviez bien que sous caution je n'avais pas moins de
droits que sans caution, que prisonnier je pouvais faire
défaut, que sans motif je pouvais faire défaut (1); que
j'avais pour être absent, le plus légitime des motifs, et
que cette absence ne pouvait être assimilée au défaut légal
que par une rigueur inouïe; vous le saviez, M. l'avocat-
général, et vous avez passé outre, et vous vous êtes
opposé à ce qu'il m'en fût donné avis, et vous avez
repoussé ma présence pour me frapper plus efficacement,
dans la personne de mes bienfaiteurs.

Je l'avouerai, sans eux, sans les consolations nouvelles qu'ils m'ont prodiguées, sans le cri d'indignation
qui s'est élevé de tous les cœurs généreux, non pas
contre moi, je l'avouerai, vous auriez réussi: je su-
birais une peine qui surpasse de beaucoup la condamnation à laquelle vous prétendez que je me suis soustrait :
mais rassurez-vous; j'ai vu les offres de service croître
à mesure que les sévérités de votre ministère se sont
accrues, et les portes de la prison ne se sont pas plutôt
r'ouvertes pour moi, que j'ai vu s'ouvrir et se multi-
plier les asiles de l'hospitalité. C'est de l'un d'eux que

---

(1) Les principes sur cette matière sont mis dans tout leur jour
et dans toute leur évidence par le Mémoire à consulter que des
jurisconsultes de toutes les opinions ont sanctionné de leur signa-
ture.

je date cette épître ; c'est l'âme rafraîchie par l'expérience chaque jour renaissante de la conformité de sentimens entre tant de personnes qui s'ignorent, par le concert des mêmes vœux, par le spectacle de l'opinion nationale, que je reprends avec plus de calme un entretien qu'avait interrompu le cri d'une douleur encore récente, et que j'achève une correspondance où l'intérêt privé n'est que l'occasion de plaider une cause d'intérêt général.

L'année dernière, je fus atteint par une prévention semblable à celle qui me conduit, cette année encore, devant la Cour d'Assises ; l'année dernière, comme cette année, je fis défaut. On ne m'injuria point ; M. le substitut prit des conclusions légales ; la Cour les adopta : on en usa envers moi, comme envers un homme qui avait usé de la loi ; l'audience ne dura que quelques minutes. Il est vrai que mon absence ne trompa l'amour-propre littéraire de personne ; aucun orateur, que je sache, ne devait lire un discours longuement étudié, ou du moins n'était pressé de le lire ; et à ce sujet, monsieur, pour mêler à une polémique austère un épisode plus doux et plus assorti à la gaîté de notre âge, permettez-moi de vous faire observer, en riant, que la lecture d'un morceau de l'étendue de votre réquisitoire n'était pas, aux termes des lois de la rhétorique, suffisamment motivée : *non erat hìc locus*. Ce précepte, il m'en souvient, était familier au professeur qui corrigeait mes amplifications. Parler deux heures à qui ne peut répondre, ni même entendre, est un monologue dont il y a peu d'exemples dans les drames judiciaires. Vous avez trop d'esprit pour ne l'avoir pas senti vous-même ; et , entre nous , cette idée vous a donné de l'humeur : franchement j'avais mal pris mon temps pour être malade. Mais le *Moniteur* a , autant que possible , réparé ce malheur. Le concert d'éloges qui a retenti à votre oreille doit avoir atténué mes torts ; et les feuilles qui vous ont exalté , ont achevé , en m'invectivant, de vous faire jouer le beau rôle.

Dieu me garde de jouter d'éloquence avec vous., M. l'avocat-général ! Et si les mots que vous définissez ne paraissent pas beaucoup plus clairs , je n'en reconnais pas moius dans votre logique des argumens *ad hominem* d'une clarté irrésistible , et dont aucun n'est à l'usage de mon faible talent. Au nombre de ces traits que j'admire , je ne rangerai pas cependant , je le confesse avec la même franchise , la preuve de la bonne santé d'un prévenu tirée des ouvrages à la publication desquels il a pu concourir depuis six ans. J'y joindrai moins encore l'imputation qui m'est adressée d'avoir lassé la justice , et de m'être joué de l'institution du jury.

Si j'avais déclaré coupable un homme reconnu innocent par le jury , j'aurais pu être accusé de manquer de respect pour cette institution. Eh bien ! je suis cet homme ; et vous êtes l'auteur de la déclaration. Vous avez signalé comme digne de l'animadversion des magistrats un écrit en faveur duquel les magistrats ont prononcé la formule sacrée : *Renvoyé de la plainte.* Dans la série des griefs que vous avez accumulés contre moi , en face de la justice , vous avez placé les documens historiques sur le *gouvernement occulte* dont un *verdict* et un jugement ont honorablement acquitté l'historien. Et , à vous entendre, c'est moi qui me joue de l'institution du jury !

Et comment me rendrais-je coupable de ce crime, car c'en est un ? Suis-je chargé de la composition des listes de jurés ? Occupé-je un poste dont j'abuse pour rendre le sort moins aveugle, et pour imposer au hasard la loi de mes passions ? Ai-je transformé, par ce moyen, des juges en commissaires ? Me suis-je joué ainsi, non-seulement d'une institution sainte, mais de l'honneur, de la liberté, du sang des citoyens ? Ah ! s'il était vrai, que vous me flétririez avec raison ! que je serais digne de la haine publique ! que je serais en horreur à moi-même ! Mais, grâce au ciel, je suis pur du soupçon dont une légèreté cruelle m'a fait un devoir de me défendre. Je ne suis pas moins exempt du blâme d'avoir lassé la justice. Il est évident, Monsieur, qu'ici comme tout-à-l'heure, les mots et les choses sont mal entendus par vous. Je vais tâcher d'établir leur véritable état et leur véritable signification.

D'abord la justice, en tant que représentée par les magistrats, ne doit point se lasser ; elle est due aux citoyens ; et les magistrats en la leur rendant, acquittent une dette. Mais, au reste, la justice ne résulte que de l'action complète des pouvoirs judiciaires ; le ministère public peut la provoquer, et la provoque en effet souvent ; mais tant qu'on n'a eu affaire qu'à lui, on n'a pas eu encore affaire à la justice ; on ne saurait donc avoir lassé celle-ci ; à plus forte raison si, dénoncé par lui, on est absous par elle, si la chose arrivait fréquemment, ce serait l'organe du ministère public qui aurait lassé la justice par des attaques imprudentes et irréfléchies, et non les victimes de cette irréflexion et de cette imprudence qui auraient lassé la justice. Et pour ne point sortir de l'objet de cette lettre, il serait bizarre qu'on fatiguât de poursuites les écrivains pour s'écrier ensuite qu'ils fatiguent les tribunaux. Pour moi, je suis au nombre de ceux qui ont pu exercer, par la voix de leurs accusateurs, la patience de Thémis ; mais je n'ai encore éprouvé que sa bienveillante protection ; elle s'est trois fois déclarée en ma faveur. Je me présente à de nouveaux combats dont je n'ai point donné le signal, couvert encore de son auguste égide. J'ai donc, plus que personne, le droit de rappeler la distinction qui existe entre l'officier du ministère public seul, et la réunion des autorités qui constituent la justice.

Il est encore, pour épuiser les acceptions de ce mot, une autre justice plus morale, plus élevée, invariable au milieu du mouvement des passions humaines, et qu'à des époques funestes, ses prétendus organes ont eux-mêmes foulée aux pieds. C'est celle que n'a jamais connu Jeffreys ; c'est celle que vous devez bien connaître si, comme je n'en doute pas, vous avez médité Daguesseau.

Celle-là se lasse des poursuites passionnées que l'on multiplie en son nom, des jugemens iniques que l'on rend en son nom ; elle se lasse de servir de masque à ceux qui se vengent en son nom. C'est par elle que sont cassés les arrêts de la fausse justice qui usurpe ses fonctions et ses titres ; c'est par elle que sont flétris les juges prévaricateurs, et réhabilités les citoyens vertueux qu'ils ont condamnés. Vous me direz que pour trouver des exemples d'une si abominable parodie de la justice, il faut recourir à des temps qui ne sont plus ; mais, sans

sortir de notre époque, nous pouvons achever cette dé-
finition que vous avez rendue nécessaire.

Oui, monsieur, il est encore une manière de lasser
la justice. Rien ne doit plus la fatiguer que l'impunité
des grands crimes. Elle a dû éprouver une sainte co-
lère en voyant les assassins du midi se soustraire si
long-temps à leur *condamnation*. En ce moment même,
elle doit être lassée beaucoup moins par les nombreuses
recherches qu'ont faites les magistrats pour découvrir les
auteurs du guet-à-pens, commis le trois juin sur la personne des mandataires de la nation, que de l'inutilité
de ces recherches; elle doit être lassée surtout d'avoir
appris l'attentat insolent qui a éclaté jusque dans le pa-
lais du monarque, sans qu'elle ait, au bout d'une année,
ouï parler même d'un seul prévenu. Voilà, M. l'avocat-général, une foule de circonstances auxquelles peut
s'appliquer le mot que vous détournez abusivement
contre un homme qui a bien pu lasser l'arbitraire, mais
jamais la justice.

Maintenant j'abandonne volontiers à vos mercuriales
extra-judiciaires et les productions que vous désignez,
et celles que vous indiquez plus vaguement, tel que l'é-
crit sur les Jésuites, dans la crainte peut-être de vous
montrer trop ouvertement l'ami de ceux que j'ai com-
battus. Je n'ai rien fait que ne puisse avouer un honnête
homme, un bon citoyen, un irréconciliable ennemi de
la bassesse, de l'hypocrisie, de l'iniquité, de la tyran-
nie. Si j'ai en effet quelques lueurs de ce talent que vous
m'invitez à consacrer à la défense des doctrines du pouvoir, il s'alluma au feu pur et sacré de la morale et
du patriotisme ; je le sentis aux approches de l'étran-

ger vainqueur, à la vue des victimes que moissonna le fer de la vengeance, au retour des proscriptions.... Il s'éteindrait du jour où il n'aurait pour aliment que l'intérêt personnel, et pour avenir que quelques misérables faveurs. Je ne sais point avoir du courage pour voler au secours du plus fort, et puiser mon enthousiasme dans l'espoir d'une place ou d'une gratification.

Oui, Monsieur le Président, car il est temps de quitter pour toujours l'accusateur qui me quitte (1) et poursuit la carrière de l'avancement, et de tourner mes regards vers le Juge qui me suit à travers tant de sessions diverses, et en présence duquel je vais bientôt me trouver; oui, M. le Président, tel est l'homme qui vous a été signalé sous des couleurs si peu favorables et auquel d'injurieuses attaques ont imposé l'obligation de se rendre justice; sa conduite et ses malheurs démentent assez les calomnies qu'on lui prodigue. Il est trop facile, dans les temps de révolutions, d'avoir part aux largesses de la fortune et de la puissance, pour qu'il n'y ait pas quelque vertu dans l'indigence et l'obscurité. Si c'est une erreur, elle est, du moins pardonnable, et ne doit pas m'attirer les réprimandes dues au vice et les châtimens réservés au crime. Pour avoir été ruiné, proscrit, emprisonné, en butte à de longues persécutions, je n'en suis pas moins digne de la protection de la justice, et je me plais à croire que si, malade encore,

(1) Au moment où je revois cette épreuve, le bruit se répand que je ne serai pas plus abandonné par M. Ravignan que par M. de Lavau.

je me vois sommé de comparaître, c'est que la Cour est
impatiente de répandre sur des blessures trop vives le
beaume consolateur d'un équitable jugement.

Peut-être, Monsieur le président, auriez-vous pu,
sans manquer à l'austérité de vos devoirs, condescen-
dre aux pressantes sollicitations de mes amis et de ma
famille ; peut-être auriez-vous pu me permettre de
rentrer, sans inquiétude pour ma liberté, dans la maison où m'appelaient les secours et les consolations des
miens; peut-être, du moins, auriez-vous pu ajourner
une affaire dont le retard ne cause aucun dommage à la
chose publique, jusqu'au parfait rétablissement de ma
santé : mais encore une fois j'augure bien de cet empressement même.

Si, contre la jurisprudence ordinaire, la nouvelle
signification que j'ai reçue a précédé la requête que je
devais adresser à la Cour; et si, par la célérité inac-
coutumée de cette procédure, je suis renvoyé devant
les assises du mois d'août, au lieu de l'être devant celles
du mois de septembre; cette marche rapide n'a certai-
nement pour but que de m'épargner des lenteurs toujours cruelles quand elles ne sont pas utiles, et de me
faire jouir plutôt d'un jury élu par le sort, par consé-
quent impartial, et digne d'être avoué par l'accusé lui-
même, par la vraie justice dont je parlais tout-à-l'heure
à M. l'avocat-général, et par l'opinion publique, ce tribunal suprême, qui est la voix de Dieu et qui prononce
en dernier ressort.

J'attends la nouvelle qui confirmera cet espoir, c'est-
à-dire, la liste des jurés que je vous supplie de vouloir

bien me faire parvenir un peu plus tôt que la dernière ; je l'attends avec toute la confiance que vous m'inspirez, et avec tout le respect que je vous dois.

J'ai l'honneur d'être,

Monsieur le Président et monsieur l'Avocat-général,

Votre très-humble et très-
obéissant serviteur,

CAUCHOIS-LEMAIRE.

P. S. Vous me pardonnerez le retard qu'éprouve l'envoi de cette lettre. Ecrite à la campagne où j'étais allé chercher un peu de santé, elle vous est adressée de la Conciergerie, où je suis venu donner la preuve que, si j'ai usé de la loi, je n'ai point voulu me soustraire à la justice. Si j'avais été mieux portant et moins surveillé, elle vous serait parvenue plus tôt.

DE L'IMPRIMERIE DE CONSTANT-CHANTPIE,
rue Saint-Anne, n° 20.

www.ingramcontent.com/pod-product-compliance
Lightning Source LLC
Chambersburg PA
CBHW061728180626
46818CB00006B/2528